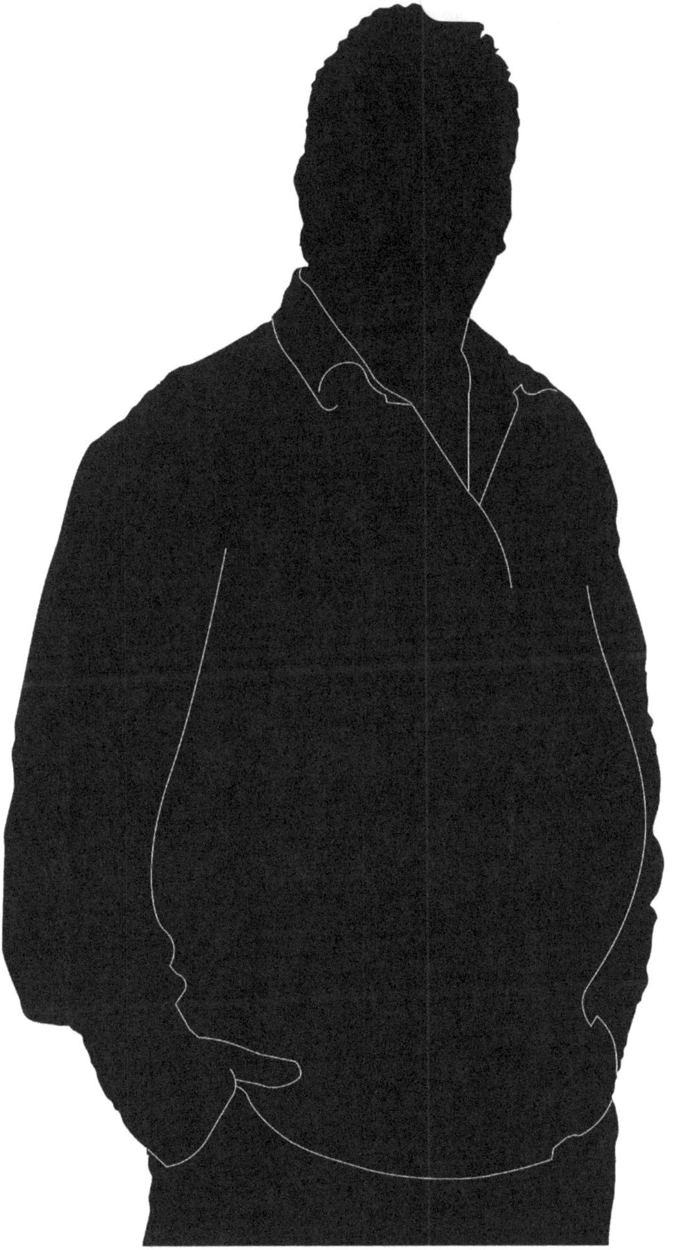

ESTE CONTO NÃO TEM TÍTULO

MILLER A. MATINE

E-mail: rolder@icloud.com
Website: www.mamatine.com

Este Conto Não Tem Título

Editor
Miller A. Matine

Capa e diagramação
Rodolfo Pomini

Revisão
Rogério Luís

Impressão
CreateSpace

2ª edição
Dezembro, 2018

Para Rogério Luís, meu amigo, colega e conterrâneo: pelas brincadeiras que perpetuam a criança que mora em nós e pela tua bondade, aqui tens a minha gratidão.

"Não houvera meio de a taberneira lhe vender fiado;
ele quis esperar para ver se algum nobre aparecia
por acaso e lhe pagava uma bebida,
mas, como de propósito,
todos os nobres haviam ficado em casa..."

Nikolai Gogol

AGRADECIMENTOS

A lista das pessoas que contribuíram para que este livro fosse escrito do jeito que está escrito, e chegasse até às mãos do leitor da maneira como está, não caberia nesta página:

Ao Niosta Cossa, um abraço e gratidão fraterna, pelos sinceros e ricos comentários que modificaram grandemente a primeira versão deste conto. Sem ele o enredo não iria ser o mesmo.

A Rogério Luís, Judite D. Chihulume, Chapane Mutiua, Aline Spagnolo, Estêvão Mabjaia, David King, Jessemusse Cacinda, Edgar Barroso, Maria João, Agito Cherule, André Atumane, Bruce Will, Mércia Cossa, Domingas Messossa, Francisco Gaita, Adelson Rafael, Vivi Constantino, Geny Impissa, Marriete Santana e tantos outros que leram o manuscrito e fizeram valiosas sugestões, o meu muito obrigado.

Ao meu capista Rodolfo Pomini, pela paciência, simplicidade e prontidão.

Por último, mas não menos importante, a Kim, a Rolder e a Zili Matine. Sei que estou em dívida convosco, por me permitirem que vos roubasse o vosso tempo para escrever este conto.

— M.A.M

PRÓLOGO

Este prólogo tem título:

Histórias de Namutequeliua vistas pelos meninos do Matadouro.

A morte é condição existencial que dá sentido à vida. Se ela não existisse, talvez não tivéssemos quaisquer controlos sobre a nossa vida; e o conceito de excesso, provavelmente, não teria existido. O nascimento e a morte, representam o princípio e o fim de todos os seres vivos.

Apesar de quem morrer ser aquele que viveu, estou certo de que nenhum homem gostaria de abandonar este mundo. Talvez seja por isso que, quando um homem lançado ao mundo, para uma vida regalada de excessos e a braços com a "obesidade" vê um jovem de 34 anos, que fazia exercícios físicos, e se alimentava de acordo com um plano nutricional devidamente detalhado, a morrer, encontra argumentos para viver da gula, com o mesmo fervor que os epicuristas viviam da dúvida.

O que não tenho dúvida é que a solidariedade dos vivos diante do cadáver deve-se ao temor que têm de não-virem-a-ter o devido tratamento quando estiverem na canoa da viagem final, por um lado, mas, por outro, porque os vivos, com o sentimento de ter-se livrado, querem certificar-se que o morto não mais regressará ao convívio.

Diversas são as leituras e construções imaginárias que podem ser feitas deste livro, pequeno em tamanho, mas rico em conteúdo, entre elas, as injustiças sociais, as crises que afectam nossas vidas, tanto individual como colectivamente, assim como as frustrações que partem nossas almas em cada tropeçar desta caminhada.

Miller A. Matine demonstra-nos que a vida é tão original que às vezes faz das suas, para provar-nos que não somos mais inteligentes do que ela, e que só a planificamos, quando ela própria aceita. Contudo, quando a vida rejeita nossa planificação e entrega-nos a morte, faz-nos um outro favor: "evitamos pagar uma dívida que não contraímos".

E porque aceitei escrever este prefácio, com vista a permitir que o nome do Matadouro (meu bairro) ficasse também cravado nesta história de Namutequeliua (bairro do autor), gostaria de registar com agrado o canal (oral) como esta é contada. Quem já se sentou à volta da fogueira sabe que o texto de Miller A. Matine materializa uma das frases contidas no interior do livro "as coisas devem ser ditas como são".

E acrescento que as coisas devem ser ditas com a animosidade necessária para que com muita facilidade sejam contadas mesmo quando os rios Muhala e Muatala não sejam navegáveis. E isto é bem mais possível, ainda, a partir do momento em que ela é contada na primeira pessoa, com uma linguagem típica de um macua que, mesmo estando em Chicago, pensa o universo a partir deste território situado entre os rios Lúrio e Ligonha, assegurando o sentido de proximidade com os seus leitores.

Jessemusse Cacinda
Inhambane, Moçambique
28 de Maio de 2018

Eu não sou glutão. Nem sequer sou insensível à dor alheia, como certas pessoas insinuam ou pretendem pintar-me. Mas, a minha mãe, ela pode ser as duas coisas juntas. A maldita foi casar com um homem que tinha poderio. Porque o meu pai, além de doente, encontrava-se desempregado. Mais tarde casou com outro que também tinha vários bens. O coitado do meu pai não pôde suportar com as humilhações dela; e antecipou o seu fim com o veneno. Ou seria esse "antecipar" o seu fim?

Órfão e sem arrimo, virei arrumador de carga nos caminhos-de-ferro. Foi assim que consegui terminar o décimo ano de escolaridade, mas nem com isso consegui um emprego que preste. Tornei-me guarda presidiário, mas sucedeu que os prisioneiros resolveram escapulir-se exactamente na noite da minha vigília.

Por essa razão, tive processo disciplinar, fui encarcerado e, depois, demitido.

Um vizinho, que me viu crescer, arranjou-me um trabalho de guarda numa dessas lojas de indivíduos que só Deus sabe como e onde conseguem tanto dinheiro, mas também fui expulso, no terceiro dia, quando encontraram no meu bolso uma lâmina que eu havia levado para cortar a minha barba. "Só pode ser feitiço", pensei, "ou seriam os meus antepassados a protestar?". O facto era que, por não ganhar o que chegasse, nunca cheguei a fazer "makeya[1]" para a minha bênção.

Agora trabalho novamente numa loja como... Os senhores adivinharam. Sou guarda. Mas, já lá se vão quase oito meses que não aufiro o meu salário. Não preciso aqui de descrever o quanto isso é doloroso para qualquer ser que se preze humano. É por isso que, ultimamente, estou comendo mesmo "aquilo que me dá nojo". E ainda assim, para conseguir "aquilo que me dá nojo", tem sido "escopo e martelo". Diriam vocês que estou fazendo um exagero até grosseiro. Ou que estou procurando angariar rios de lágrimas ou toneladas de piedade. Nem tanto, nem tanto. Estou apenas contando "as coisas como elas são". Contudo, como disse há pouco, porque o patrão não me pagava o salário, eu engolia tudo o que me jogavam, sem desprezo. Isso é ser glutão?

Resposta: não.

Então, qual é o problema?

Bom, ultimamente tenho estado a ler muito, mas só ando a ler jornais; logo eu, alguém que odiava essas coisas de "notícias". Ainda me lembro que, nas manhãs, quando o meu falecido pai colocava o ouvido ao seu rádio "Xirico", eu o olhava com uma indiferença. "Este velho, pá.", assim dizia eu, de mim para mim, abanando a cabeça que, por pouco, não saía do pescoço, "ao invés de escutar músicas, põe-se

---

1   Ritual em que se evocam os espíritos dos antepassados, geralmente, para fazer pedidos ou como gesto de gratidão.

a ouvir patranhas de políticos. Que é que ele ganha com isto?". Mas ali estava eu, tentando abafar os meus desejos insatisfeitos, lendo jornais. Foi ali que percebi perfeitamente as acções do falecido.

Saltou-me aos olhos o artigo intitulado *Onde está o dinheiro do povo?* Mas como eu não era "esse" povo, então mandei pra o diabo aquele artigo que dizia: *A desorçamentação no Estado moçambicano, ou seja, a retirada de fundos do Orçamento para serem usados em contas desconhecidas e sem qualquer escrutínio, conti-nua a ser um cancro no país, com milhões de Meticais a serem usados à revelia...*

Como eu não era funcionário do aparelho do Esta-do, mas sim um guarda, logo, esse problema de *desor-çamentação* e de *crise económica* não era um problema a ser resolvido por mim. E, mesmo que fosse... Como, com fome?

Saltei as páginas:

...Mais de sete mil pessoas assistiram em Maputo ao casamento de Zófimo e Valentina.

Sete mil palhaços assistiram e mais outros tantos nabos ficaram colados às suas telas de televisão para ver duas pessoas (mortais) a contrair matrimónio? Esta gente não tem o que fazer, não? Eu só posso ser um invejoso! "Namalhá, és Invejoso com 'i' maiúsculo". Sou indiferente a essa euforia toda. Até aqueles que nunca saíram de Nampaco estão animadíssimos com esse casamento. Talvez pensem que são pessoas importantes ou bem informadas, ao se ocuparem desses assuntos. Sete mil e outros tantos tontos. Com certeza eu não faço parte dessa estatística. Cuspo na cara disso tudo, ah, eu cuspo! Que absurdo! Casamento? Como se não se tivesse assuntos dignos para notícia! Melhor ver o que tem na outra página.

...Comunica com profunda mágoa e consternação o falecimento do Dr. Miguel Ropwiitó Bane... O funeral realizar-se-á em...

"O malogrado é um Doutor? Deve, com certeza, ter uma família que respira!", pensei eu, aliviado, depois de ter de engolir a irritadíssima palhaçada de casamento, "vale a pena atender ao funeral".

Fui ao funeral com o único objectivo de aproveitar as refeições. Quando a sorte me acompanhasse, tornava-me chorador: deitava gotículas de lágrimas, para dar companhia aos familiares do malogrado que gritavam, pulavam e se roíam infinitamente por perderem o seu ente querido. Eu penso, (só penso, não tenho a certeza) que alguns deles exageravam nas lamentações, talvez para competir no afecto. Rebolavam tanto que até dava a impressão que eram eles que "tinham morrido". "Por quê não devia ser *este* barrigudo a ir no lugar do Doutor?" — imagino eu que imaginavam assim a meu respeito. Enfim, senhores, "tendes que aceitar a coisa como ela é". Deus chamou a um Doutor e não um homúnculo como eu. Ademais, todos

nós iremos evaporar-nos daqui, tarde ou cedo. Dizei-
-me, amigos, pensar assim é ser insensível à dor alheia?

Respondam.

Então, que problema tenho eu com o problema
que é vosso?

Naquela noite não consegui dormir. O patrão ainda nada dizia sobre o meu magro salário. Tentei queixar-me às entidades que deviam me proteger como um trabalhador, mas os funcionários queriam que eu os subornasse. A dona de casa, onde que eu arrendava, estava chateada comigo, não parava de me encher o saco, por causa da renda atrasada. Para ser sincero, eu também reconheço que eram muitos, os meses em atraso, e que já havia esgotado as desculpas. Mas que mais poderia eu fazer? "Qualquer dia destes ela me manda para a rua", receava eu. E seria com a devida razão. Enfim, às quatro horas da madrugada, acordo ao som de choros dos vizinhos. "Talvez tenha morrido o cão deles", penso para comigo, "eles amavam tanto aquele maldito animal." Mas não. Era o próprio dono do cão que acabava de "arrumar as botas". Tentei fingir tristeza, como é da praxe, mas não me contive e soltei gargalhadas. E tudo indica que eu não era a única pessoa que, por dentro, se alegrava com aquela fatalidade. As vizinhas solteiras também cochicharam no funeral...

Dizem que a viúva fazia troça delas. "Eu sou a única casada e bem casada aqui no bairro. Todo o resto é galinha sem galo. O enigma a resolver agora é: como chegam a ter pintainhos? Ah! Ah! Ah!"

Como podem ver, senhores, eu não podia sentir tristeza por seres desumanos assim.

Dirão vocês: "que espécie de gente é este pançudo?" Retorquir-lhes-ei: que espécie de gente era o finado, que vivia me beliscando? "A continuar com essas banhas tipo porco," dizia ele com seus sorrisos rasgados, "a se alimentar como se alimenta, a evitar exercícios físicos como forma de manter uma vida saudável, a continuar com essa atitude, o vizinho morrerá antes da sua hora." De acordo com o cadáver, eu precisava de viver para não morrer! De acordo com o cadáver, eu precisava de me embelezar, de viver aventuras, de ter alguém com quem pudesse partilhar sentimentos, isto é, alguém que me oferecesse uma camaradagem e tranquilidade e, juntos, amássemos a natureza. Raios o partam! Que tenho eu a ver com tudo isso? Que vá para o diabo o "amor à natureza"! Precisamos é de demonstrar amor ao nosso semelhante. "Amor à natureza", mas eles próprios estão vestidos daquilo que dela foi despido! "A continuar assim… com esse corpo, o vizinho acabará por morrer de enfarte", proferia o falecido essas palavras.

Aposto que ele tremia como vara verde, por vergonha, ao ver que eu sentia um prazer insaciável sobre a sua morte. O imbecil corria todas as manhãs e tardes; controlava tintim por tintim toda a sua alimentação. Era triste de assistir. E eis que desiste de viver aos trinta e quatro anos! Já eu, que devoro mesmo "aquilo que me dá nojo", sem quaisquer tipos de preocupações, hei-de viver quarenta, setenta, noventa anos… Esperem. Cansei-me de contar. A verdade é: enquanto uns procuram comer para viver, eu, Namalhá, vivo para comer. E foi unicamente para isso que nasci: viver para comer.

Como os senhores devem imaginar, fui ao funeral. E, inclusive, ajudei na escavação da sepultura ali em Kottokwane. Entre os coveiros, estavam também presentes os "pintainhos". Com eles, combinei aumentar alguns metros de profundidade, além daquilo que é o padrão, para ter a certeza que o defunto não voltava ao mundo.

As *galinhas* sem *galo* contribuíram (provavelmente estivessem a depositar) com algumas moedas, para ajudar nas despesas de compra da mortalha, do levantamento do corpo na casa mortuária, da comida para alimentar os que iam ao enterro e do presente para o Sheikh, que ia ler *Al-Baqarah*, como garantia que a alma do vizinho iria ser recebida no paraíso (embora em vida ele não frequentasse a mesquita e odiasse os muçulmanos).

O sol aquecia tanto sobre o chão vermelho, que derretia os nossos chinelos, e queimávamos os pés; aquecia também sobre as chapas de zinco ou do capim e do plástico, conforme o tipo de telhado. Dentro de casa, éramos como que o pão no forno. No quintal, idem. O vento negava-se a se deslocar. Todos suavam, e o suor, por vezes, se confundia com as lágrimas. Numa palavra: fazia muito calor. Vontade de andar nus não nos faltava. O cadáver era o único, entre nós, levado por bons ventos! Ainda assim, as bactérias e as moscas varejeiras que ele em vida evitava, se apoderavam do seu esculpido corpo. E não tinha meios de como as enxotar! Familiares que em vida nunca estiveram presentes, disputavam-no. Onde seria enterrado e... Aliás, estes mesmos familiares nem esperaram que os cogumelos crescessem no que fora outrora o abdómen do defunto, para que arrancassem da viúva e dos órfãos o espólio. A "vizinha bem casada" ficou de mãos abanadas e bem lavadas. Sem educação e sem emprego, preferiu voltar ao distrito, às suas origens, a ter que carregar e vender areia como faziam as outras mulheres para superar a crise económica. A história do vizinho abusado daria umas boas páginas para aqueles que sabem escrever crónicas...

Bom, pelo menos ele deixou de pagar a dívida que não contraiu.

Eram dez horas da manhã e fazia quatro dias que eu, à mesma hora, movido pela fome, me dirigia à casa do Lucas para aproveitar de suas refeições. Eu bem que poderia ter ido aproveitar comer no funeral do médico Vaz, no entanto, não fui. Preferia morrer de fome a comer na casa desse súcio. Onde é que já se viu um médico nascido aqui em Muatala perecer num dos hospitais mais luxuosos da África do Sul? Raiva! Quer dizer, até ele foge de seus próprios serviços... Porque nós confiaríamos nele? Por isso preferi ir me humilhar mais uma vez na casa do Lucas.

Voltando à vaca fria, fazia quatro dias que eu, à mesma hora, me dirigia à casa do Lucas para aproveitar de suas refeições. No primeiro e segundo dias, tudo correu bem. Fingi visitá-lo, puxei conversa e, quando ele se deu conta, já era a hora em que a esposa devia servir a refeição. No terceiro dia, o Lucas tinha suas suspeitas a respeito de minhas repentinas visitas. Ao quarto dia, ele decidiu que devia... me evitar.

— Ele não está em casa. — Disse a sua esposa Salquina.

— Irei aguardá-lo.

Olhava-me de esguelha enquanto depenava a galinha. Tentei criar e desenvolver conversas com ela, mas as suas respostas eram cortantes, rápidas e curtas. Parei de falar-lhe e comecei a pensar...

Ocorriam-me pensamentos sobre a senhora do meu novo serviço, serviço que consistia em também resguardar a residência de um senhor abençoado. Eu precisava de um segundo trabalho, já que, com o primeiro, não dava para aguentar. A senhora Justina era a dona de casa. Ela andava a tentar-me. Dava-me olhares que davam conta que me queria. Contudo, levantava-me suspeitas. Apaixonar-se por alguém como eu? Improvável! Esteticamente sou gordo e socialmente sou desajeitado. Ela tem saúde robusta e disposição física invejável. Uma mulher cheia de si, esbelta, de seios tipo aquele coco que é vendido no mercado de Mutomote, com cabelo e cílios próprios. Seus lábios não necessitavam de batom para que ficassem amolecidos; ah, aqueles lábios dela, meu Deus! Se eu não fosse... queria tanto que aqueles lábios carnudos fossem como a cidade de Meca — onde eu seria o único muçulmano com permissão para peregrinar —. Adoraria que esta barriga fosse o seu leito onde ela daria "ais" e "uis", mas...

Suas nádegas, então! Ai, meu Deus! Eram tão bem arredondadas que faziam o cão que sou salivar sem poder roer o osso; tinha uma beleza que me fazia logo esquecer o pançudo que sou. Assim era a Justina, à justa, a justa! Por isso, eu desconfiava da paixão dela. Como apontei, sentia desejo. Quem não sentiria? Mas... era suspeito. Eu, o guarda. O esposo, meu patrão. E, ainda assim, procurava me seduzir? Supondo que era verdade, era caso para dizer, onde quer que haja pessoas, haverá sempre infidelidade, ah, haverá! Soubesse o patrão quantas vezes em pensamento levei a esposa para a cama e me deu carícias do jeito que nem ele recebe, juro que me degolava a cabeça. Não, não lhe posso dar esse presente. "Devo é tomar cautela com essa mulher do patrão. Essa gentileza dela pode ser auto-gentileza. Aliás, e se o patrão nos flagrasse? Não. Não vale a pena arriscar o meu emprego", assim pensava eu.

Após algumas semanas, os que tinham bons ouvidos me fizeram chegar informações segundo as quais a senhora Justina, quando namorava o seu esposo, tudo andava bem. Dizem que na altura ele era um simples funcionário das Finanças. Com o andar do tempo, a dupla decidiu contrair o matrimónio. A julgar pelo seu aspecto físico, um senhor nada bonito, e com um nariz empenado, poderia se concluir que a patroa, de facto, o escolhera por amor. Nessa altura, ao que tudo indica, o patrão não possuía tanta riqueza. Pelo que o ditado: "o dinheiro salva a feiura" aqui não tinha a sua razão de ser! Até porque garantiram-me que as mulheres são mais felizes quando namoram com homens feios. Ainda hei-de avaliar a veracidade dessa máxima!

Ora, a Justina tinha uma melhor amiga. No acto do casamento, essa "melhor amiga", obviamente, era uma das convidadas. Aconteceu que, na hora em que o casal posava para as fotografias, a fim de eternizar o momento, o esposo sempre chamava esta "melhor amiga" para também nelas "sair".

A Justina, com toda a razão, ficou intrigada. Chamou o esposo à parte e interrogou-o: "amor, é meu casamento ou é da Ana?"

— Chiu! Cale a boca! — Intimidou o esposo, acompanhando as palavras de pancadarias que acabaram rasgando o véu. Envergonhada, a Justina disfarçou e foi trocar de roupa. Quando ela retorna à festa, nem a Ana nem o esposo estavam presentes. Afinal, eles estavam no quarto de hóspedes, a fazer coisas de adultos.

Dizem que, passados três meses, o esposo foi promovido a director provincial das Finanças ... Foi aí que piorou o "inferno". Ele já não comia nem se sentava em casa; não passava noites com ela e a desprezava. "Tu não és mulher, pá. E se não aguentas com a minha pedalada, podes ir embora." — Dizia ele, sempre acompanhando suas palavras com bofetadas.

— Porque me bates, Maurício, porque me maltratas?

— Pare, pare de reclamar, vadia!

— Vadia? Hoje sou vadia, não é? Esqueceu que conseguiu tudo o que tem nas mãos desta vadia?

— Apre!, vai à merda, sua puta. Por acaso me tens carregado nas costas para o serviço?

— E naquele curandeiro onde fomos, até "subires" de cadeira[2], por acaso foste com a Ana? Diz! Diz!

— Doidice sua. Vai cair longe.

Dizem que nas festas do serviço, o meu patrão levava a amante e apresentava-a aos colegas como sendo a esposa. A Justina, coitada, era acantonada. Chorava que até não precisava mais de água para regar a sua hortaliça. Grávida e sem abrigo, tinha de se submeter a um companheiro energúmeno.

Dizem que o patrão Maurício gastava em festas, bebedeiras, viagens paradisíacas com amigos e mulherzinhas tarântulas. No outro dia ele trouxe uma vizinha e

---

2   Subida de carreira.

obrigou a Justina a fazer *ménage a trois*. Na verdade, ele trancara a porta do quarto e exigira a Justina para que ficasse ali, a assistir, enquanto ele fazia concúbito com a vizinha.

Cinco dias e meio e mais três noites depois, a Justina flagra a irmã e o esposo, na cama, a *mussassarem*.

Dizem que o tempo foi passando... ela a engolir todas as humilhações, até que...

O almoço ficou pronto.
O Lucas, que "não estava em casa", saiu do quarto como se uma tartaruga saísse da sua carapaça.

— Mas... a cunhada disse que você não estava em casa. — A cunhada, ouvindo, chiou e me ofereceu um olhar de desdém.

— Ela não me viu quando regressei. Penso que ela estava na casa de banho. Fui directo ao quarto, dormir, tomado pelo cansaço que trazia.

"Ele está mentindo", pensei, "mas é melhor que ele pense que não sei nada, senão..."

— Mas, então, não foste trabalhar?
— Larguei cedo... Bem, sente-se e vamos cear. Adelina, nos sirva a cerveja, por favor!

A criada trouxe duas, abriu-as e nos serviu. Era uma senhora de pele seca com idade de ser avó do Lucas. Em condições normais, ele deveria tratá-la por "vovó", mas chamava-a pelo seu nome. O que o dinheiro não faz! Era viúva e, além dos seus filhos, também cuidava dos netos e dos bisnetos enquanto as mães destes deambulavam por aí, nas "kangalas". Netas de trinta e três anos a serem chamadas de "vovó". Elas ficavam grávidas a pensarem que o bebé prenderia o pai, mas não. Como a "vovó" Adelina conseguia alimentar aquelas bocas com setecentos meticais mensais, só Deus é que sabe. Quando, às vezes, tentava levar um poucochinho de arroz ou farinha celeste para casa e era descoberta pela dona de casa, dona Salquina, era brindada palavrões como: "passas as refeições aqui; pago-te um salário que te chegue (vale aqui dizer que setecentos meticais não chegam nem para pagar o arrendamento do meu imóvel), ainda assim pensas em me subtrair a comida?"

— O que achas, Namalhá, boa cerveja, não é? Essa marca é da Bélgica, meu caro.

E eu concordava com tudo, mesmo sem nada perceber. A mesa era enorme, para ser preciso, era de oito cadeiras, mas só nós dois nela ceávamos. A mim, pareceu-me que toda a carne estava ali servida. "O que estarão a comer os outros?", questionava-me, meio perplexo. Mais tarde, eis que me apercebo que a Salquina e os filhos ficavam com os derivados da galinha; já a velhota empregada, ela tinha de fazer outra refeição somente para ela: xima[3] preta com papaahi[4]. Isso, quando conviesse à Salquina.

A cozinha era pequena, mas aconchegante. Era o lugar favorito da Salquina, embora ela não gostasse assim tanto de cozinhar. Num canto, atrás da porta, havia um balde grande e mais dois pequenos onde depositavam a água. Defronte a estes repositórios, encontra-se o lavatório; ao lado, um fogão a gás de duas "bocas", uma estante com três pisos onde ficavam or-

---

3   Pasta espessa que resulta da cozedura da farinha de mandioca, muito usada na alimentação do povo macua com renda baixa.

4   Peixe seco (de última qualidade, se preferirmos).

ganizadas as panelas e os potes com a comida. No outro canto, tinha uma geleira e um congelador.

A sala era enorme e era bem equipada de mobília de último grito. Uma TV plasma que transmitia um programa de uma língua que desconheço. "Estou a praticar a língua." — Dizia Lucas enquanto devorava a coxa da galinha.

Para preservar a privacidade deles, não irei aqui descrever como eram os quartos.

— Olha, mano, ganhei um novo emprego... Não é de nada. É só para aguentar. Hoje, a dona de casa, onde sou inquilino, quase me jogava fora... bateu a minha porta, como sabes, ela é feita de lata, pelo que foi por pouco que não tive um piripaque, por susto. Me gritou: "seu gordo, ou paga a renda ou sais...". Mano Lucas, é tanta humilhação, mano.

— Eu te compreendo. Já estive nessa fase. Um dia... ultrapassas isso.

— Mas, quando? Cansei de esperar por "esse" dia.

— Um dia. É só trabalhar arduamente.

— Com todo o respeito, irmão. Tu bem sabes que me esfolo pra caramba. Que trabalhar arduamente é coisa que está no meu sangue. Aliás, essa é a razão pela qual estou trabalhando a dobrar. Que mais queres que eu faça?

— Eu sei o que dizes. Estás coberto de razão. Mas tenha fé. Tu estás sempre a reclamar sobre a actual crise, mas tens indumentária mais delgada. Em tempos de crise, use o cérebro, exiba a criatividade, faça arte. Enfim, crie-se. Ei, Adelina! Arre! Exijo cerveja aqui! Trabalho duro para saciar e deliciar a minha...

E a velha de pele seca vinha correndo, outra vez, para servir-nos mais cerveja.

— Mas, pensando bem, Namalhá, porque tu não juntas algum dinheiro para construir a tua própria cabana?

— Não vale a pena gastar forças e dinheiro construindo casa, já que cedo ou tarde ela ficará com estranhos. Sou solteiro; não tenho filhos. Não há razão para construir cabana, meu amigo.

— Como é que é? Eh! Eh! Mas tu e as tuas filosofias! E preferes pagar renda para sempre?

— O que há com isso? Nem sequer viverei para sempre.

— Como assim, "o que há?"?!

Senti o cheiro de sua exaltação misturada com o de incenso que tinham acendido para afugentar fantasmas e/ou maus espíritos, e resolvi ceder no debate. Já havíamos terminado de comer. Só estávamos enchendo a barriga de álcool, enquanto puxávamos a conversa. Falávamos de tudo um pouco, na sua maioria de assuntos que eu desconhecia, mas que ele, deles tinha tanto domínio. Tinha de acompanhar o ritmo do meu interlocutor, que gritava em voz ofegante. Era meio sibarita, ele, e cheio de não-me-cutuques! O tipo se julgava e se alegava por ter muito dinheiro. Já não se podia falar com ele senão de coisas científicas. Orgulho de macuas!

Bebemos até cair.

Lucas levou a sua enorme cabeça para guardá-la na mesa, "por não conseguir mais de mantê-la no pescoço". Com o braço esquerdo, tapou a cara; e com a mão direita, batia suavemente na mesa, como se ela se tratasse de um batuque. Lucas era um homem alto feito de rugas. Era muito fuinho, de pescoço longo, o que lhe levou a ganhar a alcunha de "aquele-que-carregou", querendo se dizer que ele tinha a doença do século. Era incompreensível que um homem que comia tudo o que lhe apetecia tivesse um corpo malnutrido.

Já a sua esposa, ninguém adivinharia que comia derivados de galinha. Juro por tudo que há de sagrado que ninguém adivinharia. Não era feia nem bonita. Bochechuda, usava cabelo e pálpebras de cadáveres. Tinha um orgulho e arrogância absolutamente insuperáveis. Quando lhe apetecia, ofendia-te só com um olhar. Quando estivesse em zanga, não se aconselhava nem o feiticeiro a irritá-la. Embora distintos, davam-se muito bem. Ela era para o Lucas o que o mundo é para Deus.

Ela me dava nojo!

Menti quando disse que comia tudo "aquilo que me dava nojo".

No dia seguinte, ficou claro para a vizinhança que o Lucas não era o que dizia ser. Ainda estava a dormir, quando, quatro polícias chegaram, por volta das três horas da madrugada, alegando que o Lucas tinha de ir responder a algumas questões inerentes ao seu trabalho. Bateram tanto na porta que até acordaram os que dormiam, menos ele.

— Quem é? Eh, pá, batem minha porta a esta hora.... És tu essa, Adelina, não é?

Mas Adelina não respondia.

— Esqueceu as chaves, não é?

— Abra a porcaria da porta. Não há Adelina nenhuma aqui.

— Porcaria? Quem é, afinal?

— Autoridades!

Salquina, trémula, pegou no primeiro trapo que encontrou e tapou o corpo ainda embonecado. Ela tinha essa mania de, mesmo quando fosse para dormir, enfeitar-se. Para quê? Só Deus sabe!

Abriu a porta e ouviu:

— Onde está ele? — Perguntava o mais alto e atrevido policial, que salivava.

— Vai lá, senhora, facilite-nos a vida. — Acrescenta o outro, que também se mostrava que era qualquer chefezinho.

— "Ele" quem?

— O ladrão!

— Mas, afinal, o que vem a ser isto? Os senhores devem estar na casa errada! Como ousam cortar o sono de gente honesta? Este país de *ehantisse*[5], *pá*!

— Casa errada? Gente honesta? Eh! Eh! Eh! Me ajudem a rir, companheiros. — Zombou o salivante. O comparsa chefezinho riu de rachar. Os outros dois ainda se mantinham quietos. Ou estariam esfomeados? "Vocês dois não acham isto irónico?", dizia o salivante, enquanto batia nas costas deles, "que irónico, hein?! 'Gente honesta', meu rabo!"

Já haviam entrado na sala.

— Mas não é aquele senhor que está a dormir ali no sofá, o que procuramos? — Finalmente falou o polícia calado.

— Já viu, senhora? Não estamos na casa errada, não! Eh! Eh! Eh! É este mesmo o ladrão que procuramos. Lucas Germinado Pente. Vamos. Algemem-no!

Despertou da ressaca e tentou avaliar o objecto que se encontrava guardado nos seus punhos. Era uma algema! Olhou-a duas vezes e não quis acreditar no que via. Esfregou os seus olhos, com os braços, para ver se alguma ramela não interferia na sua visão. Não imaginava ser algema aquilo que ele via.

Mas era.

— Ainda bem que despertou, senhor Pente. Quisemos aguardar até que despertasse. Fomos enviados

---

5   Anedota

para levá-lo instantaneamente; mas, como vê, nós somos muito bonzinhos. Vai custar-nos muito caro esta demora, mas nós somos bonzinhos. Supomos que sabe do que se trata...

— Esperem um pouco. Não há mais notificação neste país?

— Notificação? Ah! Ah! Ah! Não abuse da nossa bondade, senhor Pente. Até parece que o senhor não sabe do que se trata! "Notificação!" Nos poupe. Vamos. Chega, nenhuma tolerância mais para um filho de égua! Perdi a minha paciência...

— Olha a tua boca, senhor polícia. Olhe a tua boca! Veja para quem está a falar. Cuidado!

— Eu sei que estou a falar com um ladrão, um extorsionário. "Calar a minha boca!". Quer que eu lhe enfie uma dor nos dentes, é isso? Já não basta ser mafioso, tem que ser malcomportado e abjecto? Companheiros, estão a ver como a bondade é retribuída? Olhem só que vida este gatuno leva, enquanto isso, nós, os árduos trabalhadores, minguamos.

— Extorsionário? Não acredito numa palavra disto! — Retorquiu a Salquina que, a tudo, e com espanto, assistia.

E levaram o Lucas ao calabouço.

Vou contar-vos por que motivo o Lucas foi preso. Daquilo que ouvi, a descrição do carácter dele poderia ocupar umas duzentas e mais cem páginas. Mas irei resumi-las em duas palavras. Nada mais que isso. Sem rodeios, posso afirmar-lhes que dizem que ele era escamoteador, trapaceiro, fraudulento do bem público. Afinal, há muito que havia perdido emprego, mas dizia em casa que ia trabalhar, quando, na verdade, fazia boladas. Dizem que não chegou a dizer à sua esposa, com medo de a perder. Ou será que era para salvaguardar o seu status social, a sua imagem? Quem adivinharia que um tipo que dava conselhos do tipo: "em tempos de crise, use o cérebro, exiba a criatividade, faça arte", fosse um...?

Eh pá! Cala-te, Namalhá!

Bom, continuando, dizem que o Lucas fazia jogadas em coordenação com os administrativos, os banqueiros e mais. Era assim que ele conseguia manter a sua casa em pé. Sem contar que também aldrabava os seus familiares. Não poupava ninguém, excepto eu. Uma vez, a irmã lhe deu dinheiro para comprar um computador e uma máquina fotográfica. Grande erro. Ela nunca viu nem uma nem outra coisa. Vivia de aparências. Burlou seu próprio tio. Falsificou assinatura com ajuda de um banqueiro e limpou a conta do velho. Porque acabava de perder emprego, o velho foi ao banco com o intuito de levantar o seu dinheiro para investir num negócio.

A conta estava vazia.

Pancado, o tio tentou experimentar o suicídio. Mas o velho não teve a coragem de o fazer, ao lembrar--se que imbecis ficariam a maltratar o seu automóvel. Resolveu, então, ser taxista. Foi assim que conseguiu sustentar a família e pagar as propinas da faculdade. As histórias do Lucas são tantas. No mês passado, a mãe estava na casa dele, vinha de Mutivazi, para fazer controle numa clínica privada. Lucas comeu o dinheiro da velha. A sua irmã, uma que está bem casada, transferiu quinze mil meticais, mas o Lucas continuou a não levar a mãe ao hospital. Como se não bastasse, a Salquina não dava comida à sogra. A velha não aguentou e entregou a alma! Dizem que o Lucas recolheu dinheiro de pessoas de boa-fé, alegando que era para comprar caixão condigno para a sua mãe. Mas ela fora embrulhada numa mortalha, apenas. Enfim, dizem que passava a vida a contrair dívidas, prometendo pagar; ia nas lojas pedir alimentos e mentia que trabalhava no sítio "X". Era burlador, ocioso, mentiroso, alcoólatra e caloteiro, mas vestia e comia bem. Dizem que era capaz de vender uma pessoa só para ter algum dinheiro no bolso. Na cadeia, ele percebeu que em nada poderia reparar o mal com que deitara tudo a perder.

Chega!

Não posso mais continuar a falar desse saltimbanco. Até porque era suposto que eu resumisse o carácter desse farsante em duas palavras.

A minha patroa era uma deusa esculpida por deuses. Era inconcebível que uma mulher de sua classe sofresse de maus-tratos às mãos de alguém que ela escolhera para ser o seu homem, o seu protector, a sua alma trigémea. Como pode uma mulher tão esbelta merecer tamanha violência doméstica? Eu não podia acreditar numa coisa daquelas. Repito. A patroa era doce, e eu já estava cansado de a ver ser maltratada! Ficava cada vez mais calada, no seu canto, com uma tristeza nos seus olhos. Parecia ficar igual às outras mulheres que tinham perdido o gosto pela vida, e se imaginavam morrer a viver. "Mais vale morrer do que sofrer." — Diziam elas. Ao almoço, quase que não comia. Quando lhe perguntavam: "então, não comes mais um pouco?" Respondia com um encolher de ombros e dizia que não tinha fome. Pois, na verdade, parecia que não sentia fome de comida, mas de carinho e atenção.

Entretanto, como ela vinha me tentando, chegou a uma dada altura que comecei a corresponder. Que cogumelos germinem no meu quarto, se eu estiver mentindo! Que os cabritos caguem no túmulo do meu sogro, se eu estiver melindrando!

Comecei a corresponder, muito embora no início eu lhe dissesse: "Não quero mais mulher, patroa. É que faz tanto tempo que eu não me apaixono. Desde que fiquei gordo. E agora temo que o amor venha a ser um veneno para mim. Ademais, sou um simples guarda nocturno. Receio que a senhora queira me dar apenas fragmentos de sentimentos. Amar dói, patroa."

Na noite de sétima-feira o patrão tinha ido... vadiar. A patroa Justina, para se distrair, se acalmar, fugir dos maus-tratos, da dor, sugeriu que eu lhe fizesse companhia ao jantar. Nem sequer pensei três vezes para aceitar. A mesa estava recheada. Tinha arroz refogado e outro de coco, misturado com feijão "hôlokô"; mariscos como camarão frito, lula grelhada, "ethiquindhí"[6] e mais peixe-pedra feito com caril de amendoim. Tinha, também, duas taças de vinho e mais um copo de Amarula. "Gosto de Amarula", dizia-me ela, "senta-te, Namalhá, fique à vontade. Parece que hoje o patrão aqui és tu. Eh! Eh! Eh!". Puxei a cadeira, meio hesitante, e sentei o rabo trémulo. "Gosto de Amarula", continuou ela a frisar, "quando o teu patrão ainda me via como mulher, bastasse trazer uma garrafa de Amarula, eu sabia que alguém queria usar a cama para outros fins que não o de dormir. 'Ah, este quer me comer!', pensava eu". Fiquei perplexo, não sabia o que dizer, pois, afinal, ela era a minha patroa.

— Namalhá, estamos só nós dois.

— Parece-me que sim, patroa.

— Então já sabes. Terás de me resolver.

Pus-me, naquele instante, a degustar a lula grelhada pensando na outra molhada!

E estávamos embriagados.

O conforto da cama "Dodoma" aquecia-me a pele, e, de repente, viajei até àquele rosto triste e desiludido da patroa Justina. A imagem era tão nítida e forte. Consegui me aperceber dos contornos da sua figura,

---

6 Amêijoa.

das missangas que serpenteavam na sua cintura, mesmo no escuro.

O tempo, melhor, as horas, eram incertas, mas o cenário era tão real quanto os cheiros e os sabores da nudez das peles no meio da cama. A Justina estava deitada de lado, a perna flectida e colada às coxas fortes e viris, deixou-se levar, por convicção. Procurei os lábios carnudos e quentes dela, enquanto os meus deslizavam no pescoço e desciam até ao ombro. Senti o arrepio na pele dela, sabia que lhe provocava desejo. Justina virou-se de costas para mim num convite silencioso para me sentir mais perto. Os nossos corpos se encaixaram na perfeição, houve uma presença física violenta e real. Os meus dedos deslizaram na abertura da sua carne. Senti o rio das entranhas doces e o veludo encharcado e inchado. Não resisti a mergulhar no meio daquelas pernas torneadas.

— Calma, deixe que eu te lambo primeiro. — Sussurrou-me ela, e lhe entreguei o meu pénis, sem sequer me importar para qual lugar o dirigia. — Estás bem duro... Gosto!

— Quero-te, patroa.

— Trate-me de "puta". Gosto!

Beijei-a lentamente e com ardor.

— Teu "pau" é quente como tu, Namalhá. Hum, deixa só ver se entra todo na minha boca.

Chupei-lhe o mamilo e dei-lhe um beijo demorado como recompensa do seu encómio.

A língua dela pincelou o grandalhão, agitou-o com as suas leves mãos e... o afogou. "A me chupar assim, deste jeito, corro o risco de me vir na boca dela em menos de três segundos", pensava eu.

— Ai!

— Gostas?

— Sim, patroa.

— Patroa, porra nenhuma. Sou tua puta!

— E, de facto, és.

Correspondi. Esfregou nos meus testículos um líquido que desconheço. E chupou-os amavelmente. Chegava a minha vez, finalmente, de provar o orvalho da pele e colher a água doce que escorria por entre as suas pernas. Provoquei a sua pérola sensível até sentir o gemido rouco e o tumulto feroz. Justina deixava-se entregar. Tinha o pénis duro e a latejar. Sentia o sangue quente nas veias e uma lágrima de sal que deslizava lentamente. Já não me sentia assim há tanto tempo, demasiado tempo. Fechei os olhos e vi-me sentado em cima dela. O membro direito brincava com o mamilo duro e tenso. Ela olhava para mim e abria suavemente a boca. Queria lamber a matéria do desejo. Queria engolir a vontade de garganta cheia. "Não. Ainda não. Deixe-me também te lamber."

— Lambes parece máquina! Ao teu lado, para sempre, morria de prazer. Não tem melhor coisa que uma mulher se sentir desejada pelo seu homem; dá uma sensação de paz, de segurança e... por aí. Coma-me!

Já não sabia se era a minha mão ou a dela que envolvia o pénis teso. Ela não era mais do que carne que queimava. A respiração aumentava, ritmo e cadência imperfeita, uma onda gigante que eu sentia nascer, atravessava o corpo e a mente.

Era forte e violento.

O tempo e o espaço deixam de fazer sentido. A dor e o desespero desapareceram. A Justina entregou-se ao desejo, à volúpia do prazer. Fechou os olhos e deixou-se conquistar... pelo meu corpo.

Ai, meu Deus!

— Ofereceste-me gemidos sinceros, coisa que há muito eu não sentia, Namalhá. — Essas palavras eram dela. Juro que não minto.

Apertou-me contra o seu coração, me beijou com gosto e colocou novamente na boca o meu pénis, sem qualquer desprezo. Bom, não vou mais torturar os senhores com esse quadro sexual. Melhor parar. Até porque não é preciso descrever o que toda a gente sabe fazer.

Três anos passaram, e o esposo foi despromovi-do...

Para piorar as coisas, ele ficou muito doente. Todas as amantes e os amigos sanguessugas desaparece-ram quando o dinheiro também evaporou. Ele, que outrora tinha um coração inexpugnável para os sen-timentos da Justina, agora mendigava amor. É claro que a Justina cedia, era ainda o esposo, o homem de sua vida, o qual, sem ele, imagino, ela não podia viver, apesar de tudo. O que a Justina não sabia era que o es-poso havia contraído o HIV. Ele passou para ela e, ela, por sua vez, passou-o para mim. Dizem que ao desco-brir que a casa onde viviam não era dele, mas sim do irmão do esposo, a Justina pediu divórcio. Daí... o que veio depois para ela nunca ninguém soube. Dizem que o esposo acabou por se enforcar, por vergonha. Havia deixado uma nota na cómoda que dizia: *vocês que comeram o meu dinheiro e me abandonaram ao ver que eu estava nestas condições, vão pra puta que vos pariu!*

O pa, esta minha cabeça oca! Ia já me esquecendo...

Ouvi que o outro mancebo que também desistiu de viver foi o Lucas. Se mesmo comendo bem ele já era um magrinho e de pescoço longo, imaginem como estaria na cadeia. Talvez como uma girafa ou uma galinha *naaxicô*. Dizem que, tomado pelo desânimo, ingeriu o dióxido de manganês, não como remédio, mas como veneno. Dizem também que começou por ter alterações no cérebro, mais tarde ficou impotente e com os testículos danificados. O que não fazia a menor diferença, já que a Salquina havia aprendido a gostar de outros homens, para sobreviver. Sucumbiu no refeitório. Ninguém reclamou o cadáver. Ganhou um lugar na vala comum.

Espalharam a notícia que eu estou morto. Mas que brincadeira de mau gosto! A maldade desta gente é tão desmedida que chega a acordar os mortos. Será que não vêem que ainda respiro, que ainda estou vivo? Estão agora a dar-me banho, como se eu não conseguisse fazer isso sozinho! Raios! Como é quente, esta água; não podiam tê-la diluído com outra um pouco mais fria? Vejam só: estão a secar o meu corpo e a rapar o meu cabelo. O corte do cabelo não devia ter vindo antes do banho? Estão a secar o corpo... e a me vestirem... Que vestimentas são estas? Oh, olhem só pra eles, consigo ouvi-los murmurar:

— Morreu de Sida.

— É verdade?

— Sim. Verdade, verdadeira.

— Eh pá! Mas como?

— Dizem que contraiu daquela patroa dele que também teve a partir do esposo.

— Eh! Eh! Eh!

— Não lhe bastou refeições, como também quis comer a dona. E deu nisso.

— Ganância exacerbada mata!

Estou bonito e delgado, como nunca. Agora me introduzem numa coisa que me parece ser caixão. Como? A minha mãe está aqui? Porcaria! Foi ela quem comprou as roupas e o caixão? Alguém me tire daqui, por favor! Será que não me ouvem? Nunca sequer um tostão me deu, essa velha, e agora já me compra roupas e caixão? Nem morto eu aceitaria presente dessa senhora. Me tirem daqui! Morto? Como estaria morto, e fui capaz de vos relatar este conto? Porque me meteram nesta coisa apertada? Ah, macacos os mordam! Basta que a pessoa dê uma pequena soneca, que já correm apressados a maldizendo e lhe enfiando num esquife. Tirem-me daqui, porque me maltratam assim? A minha boca se move e pronuncia qualquer coisa, mas parece que ninguém mais me ouve aqui. Ou vós me ouvis? Estaria eu apenas a falar em pensamento? Caramba! Tudo à minha frente começa a girar e girar, agora. Para onde será que me levam? Pensam que tenho medo da morte? Então fiquem sabendo que tenho medo, sim. Temo o apagão! Sei que depois *daqui* nada mais há. Temo! Temo! Eu disse que a temo! Digam à minha esposa para que cuide bem dos nossos filhos, da nossa casa. Ai dela, se pensar em encontrar outro homem. Voltarei correndo. É possível, juro por Deus, digam-lhe que é possível resistir a tantos homens de encantos irresistíveis. Falo isso piscando os olhos. Alto aí. Será que tive mesmo esposa e filhos? Como foi que cheguei a casar-me com ela? Só podia estar querendo obter lucros. Só pode! E agora arruinei a minha vida por causa de malditos lucros. Mereço a pira! Como reverto, então, a situação? Mas, e os meus filhos? Abandoná-los assim, como a minha mãe a mim me abandonou? Caramba! Cala-te, boca. Já estás a dizer coisas sem coisa. Vejo que alguns não conseguem me olhar. Eh! Eh! Eh! Estão com medo de quê, hein? Que grandes cómicos!

Bom, cala-te e durma, para sempre, Namalhá!

www.ingramcontent.com/pod-product-compliance
Lightning Source LLC
Chambersburg PA
CBHW071211130626
46555CB00004B/1661